错误的喜剧

【英】莎士比亚 著

朱生豪 译

朱尚刚 审订

中国青年出版社

献 辞

谨以此书献给

父亲朱生豪诞辰 100 周年！

——朱尚刚

本书系

朱尚刚先生推荐的

莎士比亚戏剧朱生豪原译本

目录

出版说明

莎士比亚戏剧朱生豪原译本
珍藏全集

　　"莎士比亚戏剧朱生豪原译本珍藏全集"丛书，其中27部是根据1947年（民国三十六年）世界书局出版、朱生豪翻译的《莎士比亚戏剧全集》（三卷本）原文，四部历史剧（《约翰王》、《理查二世的悲剧》、《亨利四世前篇》、《亨利四世后篇》）是借鉴1954年作家出版社出版、朱生豪翻译的《莎士比亚戏剧集》（十二），同时参考其手稿出版的。

　　朱生豪翻译莎士比亚戏剧以"保持原作之神韵"为首要宗旨。他的译作也的确实现了这个宗旨，以其流畅的译笔、华赡的文采，保持了原作的神韵，传达了莎剧的气派，被誉为翻译文学的杰作，至今仍受到读者的热烈欢迎和学界的高度评价。许渊冲曾评价说，二十世纪我国翻译界可以传世的名译有三部：朱生豪的《莎士比亚全集》、傅雷的《巴尔扎克选集》和杨必的《名利场》。

　　于是，朱生豪译本成为市场上流通最广的莎剧图书，发行量达数千万册。但鲜为人知的是，目前市场上有几十种朱译莎剧的版本，虽然都写着"朱生豪译"，但所依据的大多是人民文学出版社 1978 年的"校订本"——上世纪 60 年代初期，人民文学出版社组织一批国内一流专家对朱生豪原译本进行校订和补译，1978 年出版成"校订本"——经校订的朱译莎剧无疑是对原译本的改善，但在某种意义上来说，校订者和原译者的思维定式和语言习惯不同，因此经校订后的译文在语言风格的一致性等方面受到了影响，还有学者对某些修改之处也提出存疑，尤其是以"职业翻译家"的思维方式，去校订和补译"文学家翻译"的译本语言，不但改变了朱生豪原译之味道，也可能在一定程度上影响了莎剧"原作之神韵"的保持。

当流行的朱译莎剧都是"被校订"的朱生豪译本时，时下读者鲜知人文校订版和"朱生豪原译本"的差别，错把冯京当马凉，几乎和本色的朱生豪译作失之交臂。因此，近年来不乏有识之士呼吁：还原朱生豪原译之味道，保持莎剧原作之神韵。

中国青年出版社根据朱生豪后人朱尚刚先生推荐的原译版本，对照朱生豪翻译手稿进行审订，还原成能体现朱生豪原译风格、再现朱译莎剧文学神韵的"原译本"系列，让读者能看到一个本色的朱生豪译本（包括他的错漏之处）。

　　1947年（民国三十六年），世界书局首次出版朱生豪译的《莎士比亚戏剧全集》时，曾计划先行出版"单行本"系列，朱生豪夫人宋清如女士还为此专门撰写了"单行本序"，后因直接出版了三卷本的"全集"，未出单行本而未采用。2012年，朱生豪诞辰100周年之际，经朱尚刚先生授权，以宋清如"单行本序"为开篇，中国青年出版社"第一次"把朱生豪原译的31部莎剧都单独以"原译名"成书出版，制作成"单行本珍藏全集"。

　　谨以此向"译界楷模"朱生豪100周年诞辰献上我们的一份情意！

2012年8月

《莎剧解读》序（节选）

我们在翻译中，首先碰到的问题就是评论中所引用的莎士比亚原文，究竟由我们自己翻译出来，还是借用接任已有的翻译。我们决定借用别人的译文。当时译出的莎剧已经不少，译者大多都是名家，但我们毫不迟疑地选择了朱生豪的译本。朱的译本于抗战时期在世界书局出版，装订为三厚册。他翻译此书时，年仅三十多岁。他不顾当时环境艰苦，条件简陋，以极大的毅力和热忱，完成了这项难度极高的巨大工程，真是令人可敬可服。一九五四年，人民文学出版社将它再版重印，分为十二册，文字没有作什么更动，只是将有些剧本的名字改得朴素一点。我们在翻译莎剧评论时，所援引的原著译文就是根据这一版本。当时我见到主持出版社工作的老友适夷，对他说，他办了一件好事。不料后来，出版社却把这一版本停了，改出新的版本。新版本补充了朱生豪未译的几个历史剧，而对朱译的其他各剧，则请人再据原文校改。校改者虽然大多尊重原译，但是在个别文字上也作了不少订正。从个别字汇来看，不能说这些订正不对，校改者所订正的某些字，确实比原译更确切。但从整体来看，还有原译的精神面貌问题，即传神达旨的问题必须加以考虑。拘泥原著每个字的准确性，不一定就更能传达原著的总体精神面貌。相反，有时甚至可能会损害原著的整体精神。我国古代文论中，刘勰有所谓"谨发而易貌"的说法，即是指此。这意思是说，画家倘拘泥于去画人的每根头发，反而是会使人的面貌走样。汤用彤曾说魏晋识鉴在神明。从那时起我国审美趣味十分重视传神达旨。刘知几《史通》区分了貌同心异与貌异心同两种不同的模拟，认为前者为下，后者为上，也是阐明同一道理。过去我们的翻译理论强调直译，这在一定时期（或在纠正不负责任随心所欲的意译之风时）是必要的，但如果强调过头，忽略传神达旨的重要，那也成为另一种一偏之见。朱译在传神达旨上可以说是首屈一指的，所以我们翻译莎剧评论引用原剧文字时，仍用未经动过的朱译。我们准备这样做也得到了满涛的同意。后来他在翻译中倘遇到莎剧文字，也同样援用一九五四年出的朱译本子。直到后来，我才知道，朱生豪和我少年时代的老师任铭善先生是大学的同学而且友善，二人在校时即同组诗社唱和。有趣的是任先生学的是外文，后来却弃外文而专攻国学；而朱生豪在校时，读的是中文，后来却弃中文而投身莎士比亚的翻译。朱的译文，不仅优美流畅，而且在韵味、音调、气势、节奏种种行文微妙处，莫不令人击节赞赏，是我读到莎剧中译的最好译文，迄今尚无出其右者。

（此部分摘录自歌德等著，张可、王元化译的《莎剧解读》，经王元化家属桂碧清女士特别授权使用。）

莎氏剧集单行本序[①]

文 / 宋清如

盖惟意志坚强，识见卓越之士，为能刻苦淬砺，历艰难而不退，守困穷而不移，然后成其功遂其业。吾于生豪之译莎氏剧本全集，亦不得不云然。余识生豪久，知生豪深，洞悉其译莎剧之始末。且大部之成，余常侍其左右，故每念其沥尽心血，未及完工，竟以身殉，恒不自禁其哀怨之切也。

生豪秀水人，幼具异禀，早失怙恃，性情温和若女子。然意志刚强，识见卓越，平生无嗜好，洁身自爱，不屑略涉非礼，颇有伯夷之风。年十八卒业于邑之秀州中学，入杭州之江大学工国文英文两科，师友皆目为杰出之人才。卒业后于世界书局任英文编辑，每公事毕辄浏览群书，尤嗜诗歌。后乃悉心研究莎氏剧本，从事移植。尝谓莎翁著作足以冠盖千古，超越千古，而我国至今尚无全集之译本，诚足令人齿

---

① 1947 年世界书局曾经考虑在出版三卷本的《莎士比亚戏剧全集》前先出系列单行本，为此宋清如女士专门拟写了序。后来世界书局没有出单行本，直接出全集了，这篇序也就没有采用。经朱尚刚先生授权，首次在珍藏版莎士比亚戏剧系列单行本上独家采用。——编者注

冷。余决勉为其难，一洗此耻。其译作之经过，略见于其自序。厥后因用心过度，精神日损而贫困日甚。译事伤其神，国事家事短其气，而孜孜矻矻工作益勤，操心益苦。不幸竟于三十三年六月肺疾加剧，委顿床席，奔走无方，医药不继，终致于十二月廿六日未时谢世，年仅三十又四①。莎剧全集尚缺五本又半，抱志未酬，哀哉痛哉！

生豪喜诗歌，早年著作均失于战火。尝自辑其旧体诗歌，釐为四卷，分歌行、漫越、长短句及译诗，而命之谓《古梦集》。新体诗则有《小溪集》、《丁香集》等。皆于中美日报馆被占时失去。今所存仅少数新诗耳。

自致力译莎工作以后，绝少写作。良以莎翁作品使之心醉神往，反觉己之粗疏浅陋，不能自惬于怀。尝拟于莎剧全集译竣而后，再译莎翁十四行诗。不意大业未就，遽而弃世。才人命蹇，诚何痛惜！生豪于中国诗人中，酷爱渊明，盖其恬淡之性，殊多同趣也。至于译笔之优劣短长，自有公论，余不欲以偏见淆其面目也。

---

① 朱生豪生于 1912 年 2 月（阴历为壬子年 12 月），1944 年 12 月去世，去世时是 32 周岁，但若按阴历虚岁计算的话，就是 34 岁。——编者注

剧 中 人 物

苏列纳新——以弗扫公爵

伊勤——叙拉古商人

大安的福勒斯
小安的福勒斯 } ——伊勤及爱米里亚的孪生子

大特洛米奥
小特洛米奥 } ——侍奉安的福勒斯兄弟的孪生兄弟

鲍尔萨泽——商人

盎哲鲁——金匠

商人甲——小安的福勒斯的朋友

商人乙——盎哲鲁的债主

宾取——教师兼巫士

爱米里亚——伊勤的妻子，在以弗扫尼庵中住持

亚特丽安那——小安的福勒斯的妻子

露西安那——她的妹妹

鹭鸶——亚特丽安那的女仆

妓女

狱卒、差役、及其他侍从等

地点

以弗扫

第一幕

命运是这样安排着，使我
们各人留下一半的慰藉，
哀悼那失去了的另一半。

第一场　公爵宫廷中的厅堂

【公爵，伊勤，狱卒，差役，及其他侍从等上。

伊　苏列纳斯，快给我下死刑的宣告，好让我一死之后，解脱一切烦恼！

公爵　叙拉古的商人，你也不用多说。我没有力量变更我们的法律。最近你们的公爵对于我们这里去的规规矩矩的商民百般仇视，因为他们缴不出赎命的钱，就把他们滥加杀戮；这种残酷暴戾的敌对行为，已经使我们无法容忍下去。本来自从你们为非作乱的邦人和我们发生嫌隙以来，你我两邦已经各自制定庄严的法律，禁止两邦人民的一切来往；而且有谁在以弗扫生长的，要是在叙拉古的市场上出现，或者在叙拉古生长的，涉足到以弗扫的港口，就要把他处死，他的钱财货物全部充公，悉听该地公爵的处分，除非他能够缴纳一千个马克，才可以放他回去。你的财物估计起来，最多也不过一百个马克，所以按照法律，必须把你处死。

伊　　等你一声令下，我就含笑上刑场，

　　　　从此恨散愁消，随着西逝的残阳！

公爵　好，叙拉古人，你且把你离乡背井，到以弗扫来的

　　　　原因简简单单告诉我们。

伊　　要我讲说我的难言的哀痛，那真是一个最大的难题；

　　　　可是为了让世人知道我的死完全是天意，不是因为

　　　　犯下了甚么罪恶，我就忍住悲伤，把我的身世说一

　　　　说吧。我生长在叙拉古，在那边娶了一个妻子，两

　　　　口子相亲相爱，安享着人世的幸福；我因为常常到

　　　　厄必丹能做买卖，每次赚了不少钱，所以家道很是

　　　　丰裕；可是，后来我在厄必丹能的代理人突然死了，

　　　　我在那边的许多货物没人照管，所以不得不离开妻

　　　　子的温柔怀抱，前去主持一切。我的妻子在我离家

　　　　后不到六个月，就摒挡行装，赶到了我的地方；那

　　　　时她早已有孕在身，不久就做了两个可爱的孩子的

　　　　母亲。说来奇怪，这两个孩子生得一模一样，全然

　　　　分别不出来。就在他们诞生的时辰，在同一家客店

　　　　里有一个穷家的妇女也产下了两个面貌相同的双生

　　　　子，我因为见他们贫苦无依，就把他们出钱买了下

来，把他们抚养长大，侍候我的两个儿子。我的妻子生下了这么两个孩子，把他们宠爱异常，每天催促我早作归乡之计，我虽然不大愿意，终于答应了她。唉！我们上船的日子，选得太不凑巧了！船离开厄必丹能三哩路的地方，海面上还是波平浪静，一点看不出将有风暴的征象；可是后来天色越变越恶，使我们的希望完全消失，天上偶然透露的微弱光芒，在我们惴惴不安的心理中，似乎只告诉我们死亡已经迫在眼前。我自己虽然并不怕死，可是看到我的妻子因为不可免的厄运而不断哭泣，还有我那两个可爱的孩子虽然不知道他们将会遭到些什么，却也跟着母亲放声号哭，这一种凄惨的情形，使我不能不设法保全他们和我自己的生命。那时候船上的水手们都已经跳下小船各自逃生了，只剩下我们几个人在这艘快要沉没的大船上；我们没有别的办法，只好效法航海的人们遇到风暴时的榜样，我的妻子因为更疼她的小儿子，就把他缚在一根小的桅杆上，又把另外那一对双生子中的一个也缚在一起，我也把大的那一个照样缚好了，然后我们夫妻两人各自把自己缚在桅杆的另外一头，每人照顾着一对孩子，于是让我们的船随波漂流，向着科林多顺流而去。后来太阳出来了，把我们眼前的阴霾暗雾扫荡一空，海面也渐渐平静起来，我们方才望见远处有两艘船向着我们开来，一艘是从科林多来的，一艘是从厄必道勒斯来的；可是它们还没有行近，——啊，我说不下去了，以后的事情，你们自己去猜度吧！

公爵 不，说下去，老人家，不要打断了话头。我们虽然不能赦免你，却可以怜悯你的。

伊 啊！天神们要是能够在那时可怜我，那么我现在也不会怨恨他们的不仁了！我们的船和来船相距还有三十哩的时候，我们却在中途遇着了一座巨大的礁石，迎面一撞，就把船撞碎了，我们夫妻兄弟，都被无情地冲散；命运是这样的安排着，使我们各人留下一半的慰藉，哀悼那失去了的另外的一半。我那可怜的妻子因为她的一根桅杆重量较轻，被风很快地远远吹去，我望见她们三人大概是被科林多的渔夫们救了起来。后来另外一艘船把我们救起，他们知道了他们所救起的是些什么人之后，招待我们十分殷勤，并且把我们护送回去。这就是我怎样被幸福所遗弃的经过，留下我这苦命的一身，来向人诉说我自己的悲惨的故事。

公爵 请你把你儿子们和你自己此后的经历详细告诉我。

伊 我的大儿子①在十八岁上就向我不断探询他母弟的下落，要求我准许他带着他的童仆出去寻找，那童仆也和他一样有一个不知踪迹的同名的兄弟。我因为思念存亡未卜的妻儿，就让我这唯一的爱子远离膝下，到如今也不知他究竟在那处存身。五年以来，我走遍希腊，直达亚洲的边界，到处搜寻他们，虽然明知无望，也不愿漏过一处有人烟的地方。这次买棹归来，才到了以弗扫的境内；可是我的一生将在这里告一段落，要是我这迢迢万里的奔波能够向我保证他们尚在人间，我也就死而无怨了。

---

① 原文此处作"小儿子"，惟上文云，"我的妻子更疼她的小儿子"，则小儿子应当和他母亲在一起，莎翁在此处也有些缠夹不清。——译者注

公爵　不幸的伊勤，命运注定了你，使你遭受人间最大的惨痛！相信我，倘不是因为我们的法律不可破坏，我自己的地位和誓言不可逾越，我一定会代你申辩无罪。现在你虽然已经判定了死刑，我也无法收回成命，可是我愿意尽我的力量帮助你；所以，商人，我限你在今天设法寻可以援救你的人，替你赎回生命。你要是在以弗扫有甚么亲友，不妨一个个去恳求他们，乞讨也好，借贷也好，凑足限定的数目，就可以放你活着回去；要是筹不到这一笔款子，那就只好把你处死了。狱卒，把他带下去看守起来。

狱卒　是，殿下。

伊　　纵使把这残生多留下几个时辰，
　　　这茫茫人海，何处有赎命的恩人！（同下）

第二场　市场

【大安的福勒斯，大特洛米奥，及商人甲上。

甲　　所以你应当向人说你是从厄必丹能来的，免得你的
　　　货物给他们没收。就在今天，有一个叙拉古商人因
　　　为犯法入境，已经被捕了；他缴不出赎命的钱来，
　　　依照本地的法律，必须把他在太阳西落以前处死。
　　　这是你托我保管的钱。

大安　特洛米奥，你把这钱拿去放在我们所耽搁的森道旅
　　　店里，你就在那边等我回来，不要走开。现在离开
　　　吃饭的时候不到一个钟头，让我先在街上蹓跶蹓跶，
　　　观光观光这儿的市面，然后回到旅店里睡觉，因为
　　　赶了这么多的路，我已经十分疲乏了。你去吧。（大
　　　特下）这小厮做事还老实，我有时心里抑郁不乐，
　　　他也会常常说些笑话来给我解闷。你愿意陪着我一
　　　起走走，然后一同到我的旅店里吃饭吗？

甲　　请你原谅，有几个商人邀我到他们那边去，我还希
　　　望跟他们作成些交易，所以不能奉陪了。五点钟的

　　　　　时候，请你到市场上来会我，我可以陪着你一直到

　　　　　晚上。现在我可要走了。

大安　　那么等会儿再见吧，我就到市上去随便走走。

甲　　　希望你玩个畅快。（下）

大安　　他叫我玩个畅快，我心里可永不会有畅快的一天。

　　　　　我像一滴水一样来到这人世，要在浩渺的大海里找

　　　　　寻他的同伴，结果连自己也迷失了方向；我为了找

　　　　　寻母亲和兄弟到处漂流，不知那一天才会重返家园。

　　　　【小特洛米奥上。

大安　　怎么？你怎么这么快又回来了？

小特　　这么快回来！我已经来得太迟了！鸡也烧焦了，肉

　　　　　也炙枯了，钟已经敲了十二点，我的脸上已经给太

　　　　　太打过。她大发脾气，因为肉冷了；肉冷因为您不

　　　　　回家；您不回家因为您肚子不饿；您肚子不饿因为

　　　　　您已经用过点心，可是我们却为了您而挨饿。

大安　　别胡说了，我问你，我给你的钱你拿去放在什么地方？

小特　　啊，那六辨士吗？我在上星期三就拿去给太太买缰

绳了。钱在马鞍店里，我没有留着。

大安 我没有心思跟你开顽笑。干脆回答我，钱在那里？异乡客地，你怎么敢把这么多的钱随便丢下？

小特 大爷，您倘要说笑话，请您留着在吃饭的时候说吧。太太叫我来请您回去，您要是不回去，我的脑壳子又要晦气。我希望您的肚子也像我一样，可以代替时钟，到了时候会叫起来，那时不用叫您您也会自己回来了。

大安 算了吧，特洛米奥，现在不是说笑话的时候。我给你看管的钱呢？

小特 您给我看管的钱吗？大爷，您几时给我甚么钱？

大安 狗才，别装傻了，究竟你把我的钱拿去怎么样了？

小特 大爷，我只知道奉命到市场上来请您回家吃饭，太太在等着您。

大安 老老实实回答我，你把钱放在什么地方？再不说出来，我就捶碎你的脑壳；我要是心里懊恼起来，连你的头都会敲下来的。你从我手里拿去的一千个马克呢？

小特 您在我头上凿过几拳，太太在我肩上捶过几拳，除此之外，你们谁也不曾给过我半个铜钱。我要是把您给我的赏赐照样奉还，恐怕您就不会像我这样默然忍受了。

大安 太太！你有甚么太太！

小特 就是您大爷的夫人哪，她为了等您回去吃饭，到现在没有吃过东西。请您赶快回去吧。

大安 啊！你敢当着我这样放肆无礼吗？我打你这狗头！

（打小特）

小特 大爷，您这是甚么意思？看在上帝的面上，请您收回尊手，否则我可要拔起贱腿逃了。（下）

大安 这狗才一定把我的钱拿去给人骗掉了。他们说这地方上多的是拆白党，有的会玩弄遮眼的戏法，有的会用妖法迷惑人心，有的会用符咒伤害人的身体，还有各式各种化装的骗子，口若悬河的江湖术士，到处设下了陷阱。倘然果有此事，我还是赶快离开的好。我要到森道旅店去追问这奴才，我的钱恐怕已经不保了。（下）

第
二
幕

她们怎么说，我就怎么说，在这一场迷雾之中寻求新的天地。

第一场　小安的福勒斯家中

【亚特丽安那及露西安那上。

亚　　我的丈夫到现在还没有回来，叫那奴才去找他，也
　　　不知找到甚么地方去了。露西安那，现在已经两点
　　　钟啦！

露　　也许在市场上他遇到甚么商人，请他到甚么地方吃饭
　　　去了。好姊姊，咱们吃饭吧，你也不用发恼啦。男
　　　人是有他们的自由的，他们只受着时间的支配；一
　　　到时间，他们就会来了。姊姊，你耐着心吧。

亚　　为甚么他们的自由比我们更多？

露　　因为男人家总是要在外面奔波。

亚　　我倘这样待他，他定会大不高兴。

露　　做妻子的应该服从丈夫的命令。

亚　　人不是驴子，谁甘心听人家使唤？

露　　倔强不驯的结果一定十分悲惨。

　　　你看地面上，海洋里，广漠的天空，

　　　那一样东西能够不受羁束牢笼？

是走兽，是游鱼，是生翅膀的飞鸟，

只见雌的低头，那里有雄的伏小？

人类是控制陆地和海洋的主人，

天赋的智慧胜过一切走兽飞禽，

女人必须服从男人是天经地义，

你应该温恭谦顺伺候他的旨意。

亚　你嫁了个丈夫，不是去为婢为奴。

露　我未解风情，先要学习出嫁从夫。

亚　你丈夫要是变了心把别人眷爱？

露　他会回心转意，我只有安心忍耐。

亚　一个人倘不曾经历命运的颠簸，

怎么会了解苦命人心里的难过？

你可没有狠心的丈夫把你虐待，

你以为什么事都可以安心忍耐，

倘有一天人家篡夺了你的权利，

看你耐不耐得住你心头的怨气？

露　好，等我嫁了人以后试着看吧。你丈夫的跟班来了，

他大概也就来了。

【小特洛米奥上。

亚　　你那迟迟其来的主人现在可来了吗？你对他说过甚么话没有？你知道他的心思吗？

小特　是，是，他把他的心思告诉我的耳朵了，我的耳朵现在还是热辣辣的。我真不懂他的意思。

露　　他说得不大清楚，所以你听不懂吗？

小特　不，他打了我一记清脆的耳刮子，我懂是不懂，痛是很痛。

亚　　可是他是不是就要回家了？他真是一个体贴妻子的好丈夫！

小特　嗳哟，太太，我的大爷准是疯了。

亚　　狗才，什么话！

小特　他准是疯了。我请他回家吃饭，他却向我要一千个金马克。我说，"现在是吃饭的时候了"；他说，"我的钱呢？"我说，"肉已经烧熟了"；他说，"我的钱呢？"我说，"请您回家去吧"；他说，"我的钱呢？狗才，我给你的那一千个金马克呢？"我说，"猪肉已经烤熟了"；他说，"我的钱呢？"我说，"大爷，太太叫您回去"，他说，"甚么太太！我不认识你的太太！"

露　　　这是谁说的？

小特　　大爷说的。他说，"我不知道什么家，什么妻子，什么太太。"所以我就谢谢他，把他的答复搁在肩膀上回来了，因为他的拳头就落在我的肩膀上。

亚　　　不中用的狗才，再给我出去把他叫回来。

小特　　再出去找他，再让他把我打回来吗？看在上帝的脸上，请您另请高明吧！

亚　　　狗才！不去，我就打破你的头。

小特　　难道我就是个圆圆的皮球，给你们踢来踢去吗？你把我一脚踢出去，他把我一脚踢回来，你们要我这皮球不破，还得替我补上一块厚厚的皮哩。（下）

露　　　嗳哟，瞧你满脸的怒气！

亚　　　他和那些娼妇贱婢们朝朝厮伴，

　　　　我在家里盼不到他的笑脸相看。

　　　　难道逝水年华消褪了我的颜色？

　　　　有限的青春是他亲手把我摧折。

　　　　难道他嫌我语言无味，心思愚蠢？

　　　　是他冷酷的无情把我聪明磨损。

　　　　难道浓装艳抹勾去了他的灵魂？

谁教他不给我裁剪入时的衣裙？

我这憔悴朱颜虽然逗不起怜惜，

剩粉残脂都留着他薄情的痕迹。

只要他投掷我一瞥和煦的春光，

这朵枯萎的花儿也会重吐芬芳；

可是他是一头不受羁束的野鹿，

他爱露餐野宿，怎念我伤心孤独！

露　　姊姊，你何必如此，妒嫉徒然自苦！

亚　　人非木石，谁能忍受这样的欺侮？

我知道他一定爱上了浪柳淫花，

贪恋着温柔滋味才会忘记回家。

他曾经答应我打一条颈链相赠，

看他对床头人说话有没有定准！

涂上釉彩的宝石容易失去光润，

最好的黄金经不起人手的摩损，

尽管他是名誉良好的端人正士，

一朝坠落了也照样会不知羞耻。

我这可憎容貌既然难邀他爱顾，

我要悲悼我的残春哭泣着死去。（同下）

第二场 广场

【大安的福勒斯上。

大安　我给特洛米奥的钱好好儿的都在森道旅店里，那奴才出去找我去了。这样算起来，我怎么会在市场上碰见特洛米奥？瞧，他又来了。

【大特洛米奥上。

大安　喂，你现在还想开顽笑吗？你不知道那一家森道旅店？你没有收到甚么钱？你家太太叫你请我回去吃饭？你刚才对我说了这许多疯话，你是不是疯了吗？

大特　我说了甚么话，大爷？我几时说过这样的话？

大安　就在刚才，就在这里，不到半点钟以前。

大特　您把钱交给我，叫我回到森道旅店去了以后，我没有见过您呀。

大安　狗才，你刚才说我不曾交给你钱，还说甚么太太哩，吃饭哩；你现在大概知道我在生气了吧？

大特　我很高兴看见您这样爱开顽笑，可是这笑话是甚么意思？大爷，请您告诉了我吧。

大安　啊，你还要假痴假呆，当着我的面放肆吗？你以为我是在跟你说笑话吗？我就打你！（打大特）

大特　慢着，大爷，看在上帝的面上！您现在把说笑话认真起来了。我究竟做错了什么事您要打我？

大安　我因为常常和你不拘名分，说说笑笑，你就这样大胆起来，人家有正事的时候你也敢捣鬼。无知的蚊蚋尽管在阳光的照耀下飞翔游戏，一到日没西山也会钻进它们的墙隙木缝。你要开顽笑就得留心我的脸色，看我有没有那样兴致。你要是还不明白，让我把这一种规矩打进你的脑壳里去。

大特　我看您还是免动尊手，让我保全我的脑壳吧。可是请问大爷，我究竟为何被打？

大安　你不知道吗？

大特　不知道，大爷，我只知道我给您打了。

大安　我要告诉你原因吗？好，第一，因为你胆敢在我面前放肆捣鬼；第二，因为你第二次见了我还要随口胡说。

大特　你把我打得昏天黑地，我还是一个莫名其妙。谢谢大爷！

大安　谢谢我？谢我什么？

大特　因为我无功受赏，所以要谢谢您。

大安　好，以后你作事有功，我也不赏你，那就可以扯过了。现在有没有到吃饭的时候了？

大特　还没有，肉还没有烤熟呢。

大安　多烤了它会焦的。

大特　它要是焦了，请您不要吃它。

大安　为什么？

大特　您吃了焦肉会发脾气，我又要挨一顿打了。

大安　你以后说笑话也得看准适当的时候。且慢！谁在那边向我们招手？

【亚特丽安那及露西安那上。

亚　好，好，安的福勒斯，你尽管皱着眉头，假装不认识我吧；你是要在你相好的面前，才会满脸春风的；我不是亚特丽安那，也不是你的妻子。想起从前的时候，你会自动向我发誓，说只有我说的话才是你耳中的音乐，只有我才是你眼中最可爱的事物，只有我握着你的手你才会感到快慰，只有我亲手切下的肉才会使你感到美味。啊，我的夫，你现在怎么这样神不守舍，忘记了你的自己？因为我们两人结合一体，是不可分的，你把我遗弃不顾，就是遗弃了你自己。啊，我的爱人，不要离开我！你把一滴水洒下了海洋里，就没法把它重新收回，因为它已经和其余的水混合在一起分别不出来；我们两人也是这样，你怎么能硬把你我分开，而不把我的一部分也带了去呢？要是你听见我有了不端的行为，我这奉献给你的身子，已经给淫邪所玷污，那时你将要如何气愤！你不要唾骂我，羞辱我，不认我是你的妻子，从我不贞的手指上夺下我们结婚的指环，把它剁成粉碎吗？我知道你会这样做的，那么请你就这样做吧，因为我的身体里已经留下了淫邪的污点，我的血液里已经混合着奸情的罪恶，我们两人既然是一体，那么你的罪恶难道不会传染到我的身上？既然这样，你就该守身如玉，才可保全你的名誉和我的清白。

大安 您是在对我说这些话吧，嫂子？我不认识您；我到以弗扫来不过两点钟，完全是个陌生人，更不懂您说的话是甚么意思。

露 哎哟，姊夫，您怎么完全变了一个人啦？您几时这样对待过我的姊姊？她刚才叫特洛米奥来请您回家吃饭。

大安 叫特洛米奥请我？

大特 叫我请他？

亚 叫你请他，你回来却说他打了你，还说他不知道有甚么家甚么妻子。

大安 你曾经和这位太太讲过话吗？你们谈些甚么？

大特 我吗，大爷？我从来不曾见过她。

大安 狗才，你说诳！你在市场上对我说的话，正跟她所说的一样。

大特 我从来不曾跟她说过一句话。

大安 那么她怎么会叫得出我们的名字？难道她有未卜先知的本领吗？

亚 你们主仆俩一吹一唱装傻弄诈，

　　　　多么不相称你高贵尊严的身价！

　　　　就算我有了错处你才把我回避，

　　　　也该宽假三分，给我自新的机会。

　　　　来，我要拉住你的衣袖紧紧偎倚，

　　　　你是参天的松柏，我是藤萝纤细，

　　　　藤萝托体松柏，信赖他枝干坚强，

　　　　莫让野蔓闲苔偷取你雨露阳光！

大安　　她这样向我婉转哀求，字字辛酸，

　　　　莫不是我在梦中和她缔下姻缘？

　　　　难道我听错了，还是我昏睡未醒？

　　　　难道我的眼睛耳朵都有了毛病？

　　　　我且将错就错，顺从着她的心意，

　　　　把这现成的丈夫名义权时顶替。

露　　特洛米奥，你去叫仆人们把饭预备好了。

大特　　哎哟，上帝饶恕我这罪人！（以手划十字）这儿是
　　　　妖精住的地方，我们在和些山精木魅们说话，要是
　　　　不服从他们，他们就要吮吸我们的血液，或者把我
　　　　们身上捻得一块青一块紫的。

露　　叫你不答应，却在那边唠叨些甚么？特洛米奥，你

这蜗牛，懒虫！

大特　大爷，我已经变了样子了吗？

大安　我想我们的头脑都有些变了样子了。

大特　不，大爷，不但是头脑，连外表也变了样了。

大安　你还是你原来的样子。

大特　不，我已经变成了一头猴子。

露　你要是变起来，只好变成一头驴子。

大特　不错，我是驴子，否则怎么她认识我，我却不认识她。

亚　来，来；你们主仆两人看我伤心，却把我这样任情取笑，我不愿再像一个傻子一样哭泣了。来，大家吃饭去吧；特洛米奥，好好看守着门。丈夫，我今天要在楼上陪着你吃饭，听你忏悔你种种对不起人的地方。特洛米奥，要是有人来看大爷，就说他在外面吃饭，什么人都不要让他进来。来，妹妹。

大安　（旁白）我是在人间，在天上，还是在地下？是在做梦吗？还是已经发了疯？她们认识我，我却不认识我自己！好，她们怎么说，我就怎么说，在这一场迷雾之中寻求新的天地。

大特　大爷，我是不是要做起看门人来？

亚　　是，你要是让什么人进来，留心你的脑袋。

露　　来，来，安的福勒斯，时候已经不早了。（同下）

第三幕

正像人家见了一头熊没
命奔逃，我这贤妻也把
我吓得魄散魂消。

第一场 小安的福勒斯家门前

【小安的福勒斯，小特洛米奥，盎哲鲁，及鲍尔萨泽同上。

小安　　好盎哲鲁先生，请你原谅我们，内人很是利害，她因为我误了时间，一定要生气；你必须对她这样说，我因为在你的店里看你给她做颈链，所以到现在才回来，你说那条颈链明天就可以完工送来。可是这家伙却会当面造我的谣言，说他在市场上遇见我，说我打了他，说我问他要一千个金马克，又说我不认我的妻子，不肯回家。你这酒鬼，你这是什么意思？

小特　　尽您说吧，大爷，可是我知道得清清楚楚，您在市场上打了我，我身上还留着您打过的伤痕。我的皮肤倘然是一张羊皮纸，您的拳头倘然是墨，那么您亲笔写下的凭据，就可以说明一切了。

小安　　我看你就是头驴子。

小特　　我这样挨打受骂，真像头驴子一样。人家踢我的时

候，我应该把他还踢；要是我真的发起驴性子来，请

您留心着我的蹄子吧，您会知道驴子也不是好惹的。

小安 鲍尔萨泽先生，你好像不大高兴，但愿我们的酒食

能够代我向你表达一点欢迎的诚意。

鲍 美酒佳肴，我倒不在乎，您的盛情是值得感佩的。

小安 啊，鲍尔萨泽先生，满席的盛情，当不了一盆下酒

的鱼肉。

鲍 大鱼大肉，是无论那一个伧夫都能置办得起的不足

为奇的东西。

小安 殷勤的招待不过是口头的空言，尤其不足为奇。

鲍 酒肴即使稀少，只要主人好客，也一样可以尽欢。

小安 只有吝啬的主人和比他更为俭约的客人，才会以此

为满足。可是我的酒肴虽然菲薄，希望你不以为嫌，

纵怀尽醉；你在别的地方可以享受到更为丰盛的筵

席，可是不会遇到比我更诚心的主人。且慢！我的

门怎么关起来了？去喊他们开门。

小特 阿毛，白丽姐，玛琳，雪莉，琪琳，阿琴！

大特 （在内）呆鸟，醉鬼，杀坯，死人，蠢货，阿木林！

给我滚开去！这儿不是让你寻娘儿们的地方；一

个已经太多了，你要这许多做甚么？去，快滚！

小特 咱们的看门人发了昏啦。喂，大爷在街上等着呢。

大特 （在内）叫他不用等了，仍旧回到老地方去，免得他的尊足受了寒。

小安 谁在里面说话？喂！开门！

大特 （在内）好，你对我说有什么事，我就开门。

小安 什么事！吃饭！我还没有吃过饭哪。

大特 （在内）这儿不是你吃饭的地方；等到请你的时候你再来吧。

小安 你是什么人，不让我走进我自己的屋子？

大特 （在内）我叫特洛米奥，现在权充司关之职。

小特 他妈的！你不但抢了我的饭碗，连我的名字也一起偷去了；我这饭碗可不曾给我甚么好处，我这名字倒挨过不少的骂。要是你今天冒名顶替着我，那么你最好还是把你的脸孔也换一换，否则干脆就把名字改做驴子就得啦。

鹭 （在内）吵些什么，特洛米奥？门外是些什么人？

小特 鹭鸶，让大爷进来吧。

鹭 （在内）不，他来得太迟了，你这样告诉你的大爷吧。

小安	你听见吗，贱人？还不开门？
小特	大爷，把门敲得重一点儿。
鹭	（在内）让他去敲吧。
小安	我要是把门敲破了，那时可不能饶过你，你这贱丫头！
亚	（在内）谁在门口闹个不休？
大特	（在内）你们这里无赖太多了。
小安	我的太太，你在里边吗？你怎么不早点跑出来？
亚	（在内）混蛋！谁是你的太太？快给我滚开去！
小特	大爷，您要是有了毛病，这个"混蛋"就要不舒服了。
盎	既没有酒食，也没有人招待，要是二者不可得兼，那么只要有一样也就行了。
鲍	我们刚才还在辩论丰盛的酒肴和主人的诚意那一样更可贵，可是我们现在都要枵腹而归，连主人的诚意也没福消受了。
小特	大爷，他们两位站在门口，您就在门口招待他们一下吧。
小安	她们一定有些什么花样，所以不放我们进去。
小特	里面点心烘得热热的，您却在外面喝着冷风，大丈夫给人欺侮到这个样子，气也要气疯了。

小安　去给我找些什么东西，让我把门打开来。

大特　（在内）你要是打坏了什么东西，我就打碎你这混蛋的头。

小特　好了好了，请你让我进来吧。

大特　（在内）等鸟儿没有羽毛，鱼儿没有鳞鳍的时候，再放你进来。

小安　好，我就打进去。给我去借一根铁杆子来。

鲍　请您息怒吧，快不要这样子，给人家知道了，不但于您的名誉有碍，而且会疑心到尊夫人的品行。你们相处多年，她的智慧贤德，您都是十分熟悉的，今天这一种情形，一定另有原因，慢慢儿她总会把其中道理向您解释明白。听我的话，咱们自顾自到猛虎饭店吃饭去吧；晚上您一个人回家，可以问她一个仔细。现在街上行人很多，您要是这样大动乾坤地打进门去，难免引起人家不好听的说话，污辱了您的清白的名声；也许它将成为您的终身之玷，到死也洗刷不了，因为谗谤上了一个人的身，是会永远存留着的。

小安　你说得有理，我就听你的话，静静地走了。让我们上一个地方去解解闷儿。我认识一个雌儿，长得很不错，人也很玲珑，谈吐也很好，挺风骚也挺温柔的，咱们就上她那里吃饭去吧。我的老婆因为我有时到这雌儿家里走动走动，常常起瞎疑心骂我，今天我们就到她家里去。（向盎）请你先回到你店里去一趟，把我叫你打的颈链拿来，现在应该已经打好了；你可以把它带到普本丁酒店里，她就在那边侍酒，这链条我要送给她，算是对我老婆的报复。请你就去吧。我自己家里既然把我闭门不纳，我且去敲敲别人家的门，看他们会不会冷淡我。

盎　好，等会儿我就到您所说的地方来看您吧。

小安　好的。这一场笑话倒要花费我一些本钱哩。（各下）

第二场 同前

【露西安那及大安的福勒斯上。

露　　安的福勒斯，你难道已经忘记了

　　　　一个男人对他妻子应尽的本分？

　　　　在情热的青春，你爱苗已经枯槁？

　　　　恋爱的殿堂没有筑成就已坍倾？

　　　　你娶我姊姊倘只为了贪图财富，

　　　　为了财富你也该向她着意温存；

　　　　纵使另有新欢，也只好鹊桥偷度，

　　　　对着眼前的人儿献些假意殷勤。

　　　　别让她在你眼里窥见你的隐衷，

　　　　别让你的嘴唇宣布自己的羞耻；

　　　　你尽管巧言令色，把她鼓里包蒙，

　　　　心里奸淫邪恶，表面上圣贤君子。

　　　　何必让她知道你已经变了心肠？

　　　　那一个笨贼夸耀他自己的罪状？

　　　　莫在她心灵上留下双重的创伤，

既然对不起她，就不该恶声相向。

哥哥，进去吧，安慰安慰我的姊姊，

劝她不要伤心，把她叫一声我爱；

甜言蜜语的慰藉倘能息争解气，

何必管它是真心，是假惺惺作态。

大安 亲爱的姑娘，我叫不出你的芳名，

更不懂我的名姓怎会被你知道；

你绝俗的风姿，你天仙样的才情，

简直是地上的奇迹，无比的美妙。

好姑娘，请你开启我愚蒙的心智，

为我指导迷津，扫清我胸中云翳，

我是一个浅陋寡闻的凡夫下士，

解不出你玄妙神奇的微言奥义。

我这不敢欺人的寸心惟天可表，

你为什么定要我堕入五里雾中？

你是不是神明，要把我从头创造？

那么我愿意悉听摆布，唯命是从。

可是我并没有迷失了我的本性，

这一头婚事究竟是从那里说起？

我对她素昧平生，那里来的责任？

我的情丝却早已在你身上牢系。

你婉妙的清音就像鲛人的仙乐，

莫让我在你姊姊的泪涛里沉溺；

我愿意倾听你自己心底的妙曲，

迷醉在你黄金色的发浪里安息，

那灿烂的柔丝是我永恒的眠床，

把温柔的死乡当作幸福的天堂！

露　　你这样语无伦次，难道已经疯了？

大安　　疯倒没有疯，可是有些昏迷颠倒。

露　　多分是你眼睛瞧着人，心思不正。

大安　　是你耀眼的阳光使我眩眩欲晕。

露　　只要非礼勿视，你就会心地清明。

大安　　我眼里没有你，就像黑夜没有星。

露　　你要谈情说爱，请去找我的姊姊。

大安　　我不爱姊姊，我只爱姊姊的妹妹。

　　　　你是我的纯洁美好的身外之身，

　　　　眼睛里的瞳人，灵魂深处的灵魂，

　　　　你是我幸福的源头，饥渴的食粮，

你是我尘世的天堂，升天的慈航。

露 你这种话应该向我姊姊说才对呀。

大安 就算你是你的姊姊吧，因为我说的是你。你现在还
没有丈夫，我也不曾娶过妻子，我愿意永远爱你，
我和你过着共同的生活。答应我吧！

露 　嗳哟，你别胡闹了，我去叫我的姊姊来，看她怎么
说吧。（下）

【大特洛米奥慌张上。

大安 啊，怎么，特洛米奥！你这样忙着到那儿去？

大特 您认识我吗，大爷？我是不是特洛米奥？我是不是
您的仆人？我是不是我自己？

大安 你是特洛米奥，你是我的仆人，你是你自己。

大特 我是头驴子，我是一个女人的男人，我不是我自己。

大安 什么女人的男人？怎么说你不是你自己？

大特 呃，大爷，我已经属于一个女人所有；她把我认了去，
她缠着我，她不肯放松我。

大安 她是个什么人？

大特　呃，大爷，她是厨房里的丫头，浑身都是油腻；我想不出她有甚么用处，除非把她当作一盏油灯，借着她的光让我逃开她。要是把她身上的破衣服和她全身的脂油烧了起来，可以足足烧过一个波兰地方的冬天；要是她活到世界末日，那么她一定要在整个世界烧完以后一星期，才会烧得完。

大安　她的肤色怎样？

大特　黑得像我的鞋子一样，可是还没有我的鞋子那样擦得干净；她身上的汗垢，一脚踏上去可以连人的鞋子都给没下去。

大安　那只要多用水洗洗就行了。

大特　不，她的龌龊是在她的皮肤里面的，挪亚时代的洪水都不能把她冲干净。

大安　她的肥瘦如何？

大特　从她屁股的这一边量到那一边，足足有六七呎；她的屁股之阔，就和她全身的长度一样，她的身体像个浑圆的地球，我可以在她身上找出世界各国来。

大安　她身上那一部分是爱尔兰。

大特　呃，大爷，在她的屁股上，那边有很大的沼地。

大安　苏格兰在那里？

大特　在她的手心里有一块不毛之地，大概就是苏格兰了。

大安　法国在那里？

大特　在她的额角上，从那蓬蓬松松的头发，我看出这是一个乱七八糟的国家。

大安　英国在那里？

大特　我想找寻白垩的岩壁，可是她身上没有一处地方是白的；猜想起来，大概在她的下巴上，因为它和法国是隔着一道鼻涕相望的。

大安　西班牙在那里？

大特　我可没有看见，可是她嘴里的气息热辣辣的，大概就在那边。

大安　美洲和印度群岛呢？

大特　啊大爷！在她的鼻子上，她鼻子上的瘰疬多到不可胜计，什么翡翠玛瑙都有。

大安　比利时和荷兰呢？

大特　啊大爷！那种地方太低了，我望不下去。总之，这个丫头说我是她的丈夫；她居然未卜先知，叫我做特洛米奥，说我肩膀上有颗什么痣，头颈上有颗什么痣，又说我左臂上有一个大瘤，把我说得大吃一惊；我想她一定是个妖怪，所以赶紧逃了出来了。幸亏我虔信上帝，心如铁石，否则她早把我变成一条狗子啦。

大安　你就给我到码头上去，瞧瞧要是风势顺的话，我今晚不能再在这儿耽搁下去了。你看见有什么船要出发，就到市场上来告诉我，我在那边等着你。要是谁都认识我们，我们却谁也不认识，那么还是打好铺盖走吧。

大特　正像人家见了一头熊没命奔逃，

　　　　我这贤妻也把我吓得魄散魂消。（下）

大安　这儿都是些妖魔鬼怪，还是快快离开的好。叫我丈夫的那个女人，我从心底里讨厌她；可是她那妹妹却这么美丽温柔，她的风度和谈吐都叫人心醉，几乎使我情不自禁；为了我自己的安全起见，我应该塞住耳朵，不去听她那迷人的歌曲。

【益哲鲁上。

盎　　安的福勒斯大爷。

大安　　呃，那正是我的名字。

盎　　您的大名我还会忘记吗？瞧，链条已经打好了。我本来想在普本丁酒店交给您，因为还没有完工，所以耽搁了许多时候。

大安　　你要我拿着这链条做甚么？

盎　　那可悉听尊便，我是奉了您的命而把它打起来的。

大安　　奉我的命！我没有吩咐过你啊。

盎　　您对我说过不止一次二次，足足有二十次了。您把它拿进去，让尊夫人高兴高兴吧；我在吃晚饭的时候再来奉访，顺便向您拿这链条的工钱吧。

大安　　那么请你还是把钱现在拿去吧，等会儿也许你连链条连钱都见不到了。

盎　　您真会说笑话，再见。（留链下）

大安　　我不知道这是怎么一回事。可是倘有人愿意白送给你这样一条好的颈链，谁也不会拒绝吧。一个人在这里生活是不成问题的，因为在街道上也会有人把金银送给你。现在我且到市场上去等特洛米奥，要是有开行的船只，我就立刻动身。（下）

第四幕

我们已经踏进了妖境，
求上帝快快保佑我们
离开这地方吧！

第一场　广场

【商人乙，盎哲鲁，及差役一人上。

乙　　尊款自从五旬节以后，早已满期，我也不曾怎样向
　　　你催过；本来我现在也不愿意开口，可是因为我就
　　　要开船到波斯去，路上需要一些使用，所以只好请
　　　你赶快还我，否则莫怪无礼，我要请这位官差把你
　　　看押起来了。

盎　　我欠你的这一笔款子，数目刚巧跟安的福勒斯欠我
　　　的差不多，他就在我碰见你以前，从我这儿拿了一
　　　条颈链去，今天五点钟他就会把货款付给我。请你
　　　跟我一同到他家里去，我就可以清还尊款，还要多
　　　多感谢你的帮忙哩。

【小安的福勒斯及小特洛米奥自娼妓家中走出。

差役　省得你多跑一趟路，他正好来了。

小安　我现在要到金匠那边去，你去给我买一根结实的绳

鞭子来，我那女人串通了她的一党，把我白天关在门外，我要去治治她们。且慢，金匠就在那边。你快去买了绳鞭子，带回家里给我。（小特下）你这个人真靠不住，你答应我把颈链亲自送来给我，可是我既不见链条，又不见你的人。你大概恐怕咱们的交情给链条锁住了，会永远拆不开来，所以才避开我的面吗？

盎 别说笑话了，这儿是一张发票，上面开列着您那条颈链的正确重量，金子的质地，连价格一起标明。我现在欠着这位先生的钱，要是把尊账划过，还有三块钱多，请您就给我还了他吧，因为他就要开船，等着这笔钱要用。

小安 我身边没有带现钱，而且我在城里还有事情。请你同着这位客人到我家里去，把那链条也带去交给内人，叫她把账付清。我要是来得及，也许可以赶上你们。

盎 那么您就把链条自己带去给您太太吧。

小安 不，你拿去，我恐怕要回去得迟一步。

盎 很好，先生，我就给您带去。那链条在您身边吗？

小安　我身边是没有；我希望你不曾把它忘记带在身边，否则你要空手而归了。

盎　好了好了，请您快把链条给我吧。现在顺风顺水，这位先生正好上船，我已经耽误了他许多时间，可不要误了人家的事。

小安　嗳哟，你失约不到普本丁酒店里来，却用这种寻开心的话来遮盖自己的不是。我应该怪你不把它早给我，现在你倒先要向我无理取闹了。

乙　时间不知不觉地过去，请你快一点吧。

盎　你听他又在催我了，那链条呢？

小安　链条吗？你拿去给我的妻子，她就会把钱给你。

盎　好了，好了，你知道我刚才已经把它给了你了。你要是不肯把链条交我带去，就让我带点什么凭据去也好。

小安　哼！现在你可把顽笑开得太过分了。来，那链条呢？请你给我看看。

乙　你们这样缠夹不清，我可没工夫等下去。先生，你爽快回答我你愿不愿意替他把钱还我。要是你不答应，我就让这位官差把他看押起来。

小安　我回答你！怎么要我回答你？

盎　　你欠我的链条的钱呢？

小安　我没有拿到链条，怎么会欠你钱？

盎　　你知道我在半点钟以前把它给了你的。

小安　你没有给我什么链条，你完全在诬赖我。

盎　　先生，你不承认你已经把它拿了去，才真对不起人，你知道这是跟我的信用有关的。

乙　　好，官差，我告他欠我的钱，请你把他看押起来。

差役　好，我奉着公爵的名义逮捕你，命令你不得反抗。

盎　　这可把我的脸也丢尽了。你要是不答应把这笔钱拿出来，我就请这位官差把你也看押起来。

小安　我没有拿过你什么东西，却要我答应付你钱！蠢东西，你有胆量就把我看押起来吧。

盎　　官差，这是给你的酒钱，请把他抓了。他这样公然给我难堪，就算他是我的兄弟，我也不能放过他。

差役　先生，我要把你看押起来，你听见他控告你。

小安　好，我不反抗，我会叫家里拿钱来取保。可是你这混蛋，你对我开这场顽笑，是要付重大的代价的，那时候恐怕拿出你店里所有的金银来也还不够呢。

盎 安的福勒斯先生，以弗扫是个有法律的城市，它一
定会叫你从此没脸见人。

【大特洛米奥上。

大特 大爷，有一艘厄必丹能的船，等船老板上了船，就要
开行。我已经把我们的东西搬上去了，油、香膏、
酒精，我也都买好了。船已经整帆待发，风势也很
顺利，咱们也可以上船了。

小安 怎么，你疯了吗？有什么厄必丹能的船在等着我？

大特 您不是自己叫我去雇船的吗？

小安 你喝醉了酒，把头都喝昏了吗？我叫你去买一根绳
子，我也告诉过你买来作甚么用处。

大特 叫我买绳子！你明明叫我到港口去雇船去的。

小安 我等会儿再跟你算账，我要叫你以后听话留点儿神。
现在快给我到太太那边去，把这钥匙交给她，对她
说，在那铺着土耳其花毯的桌子里有一袋钱，叫她
把它拿给你。你告诉她我在路上给他们捉去了，这
钱是带来取保的。狗才，快去！官差，咱们就到牢

　　里坐一坐吧。（商人乙、盎哲鲁、差役、小安的福

　　勒斯同下）

大特　到太太那边去！那就是我们吃饭的地方，那面还有

　　一个婆娘认我做丈夫；她太胖了，我真吃她不消。

　　硬着头皮去一趟，主人之命不可抗。（下）

第二场 小安的福勒斯家中一室

【亚特丽安那及露西安那上。

亚　　露西安那，难道他这样把你勾诱？

　　　　你有没有仔细窥探过他的神情，

　　　　到底是假意求欢，还是真心挑逗？

　　　　他是不是红着脸，说话一本正经？

　　　　你能不能从他无法遮藏的脸上，

　　　　看出他心里面不怀好意的跳荡？

露　　他起先把你们夫妻的名分否认。

亚　　我没有亏待他，他自己夫道未尽。

露　　他又发誓说他在这里是个外人。

亚　　可恼他反脸无情，不顾背誓寒盟！

露　　于是我劝他回心爱你。

亚　　他怎么说？

露　　他反转来苦苦求我把爱情施与。

亚　　究竟他向你说些甚么游辞浪语？

露　　　倘使是纯洁的爱，我也许会心动，

　　　　他说我美貌无双，赞我言辞出众。

亚　　　你一定很高兴吧？

露　　　请你不要发恼。

亚　　　我再也按捺不住我心头的怒气，

　　　　管不住我的舌头把他申申痛詈。

　　　　他跛脚疯手，腰驼背曲，又老又瘦，

　　　　五官不正，四肢残缺，满身的丑陋，

　　　　恶毒，凶狠，愚蠢，再加上残酷无情，

　　　　他的心肠比容貌还要丑上十分！

露　　　这样一个男人你何必割舍不下，

　　　　依我说你就干脆让他滚蛋也罢。

亚　　　我嘴里骂他，心里可是舍不得他，

　　　　但愿人家看着他是个鬼怪夜叉。

　　　　【大特洛米奥上。

大特　　到了，去，桌子！钱袋！好，赶快！

露　　　怎么，你话都说不清楚了吗？

大特 跑得太快了，喘不过气来。

亚 大爷呢，特洛米奥？他人好吗？

大特 不，他给魔鬼抓到地狱里去了。

亚 啊，是怎么一回事？

大特 我也不知道是怎么一回事，他给他们捉去了。

亚 怎么，他给捉去了？谁把他告官？

大特 我也不知道谁把他告官，总之他给捉去了。太太，您肯把他桌子里的钱给我，去赎他出来吗？

亚 妹妹，你去拿一拿。（露下）我倒不懂他怎么会瞒着我欠人家的钱。告诉我，他们把他绑起来了吗？

大特 绑倒没有绑起来，可是我听他们说要把他用链条锁起来呢。您不听见那声音吗？

亚 什么，链条的声音吗？

大特 不，钟的声音。我现在一定要去了；我离开他的时候才两点钟，现在已经敲一点钟了。

亚 钟会倒退转来，我倒没有听见过。

大特 要是钟点碰见了官差，他会吓得倒退转来的。

【露西安那重上。

亚　　特洛米奥，你快把钱拿去，同大爷回家来。妹妹，
　　我们进去吧。（同下）

第三场　广场

【大安的福勒斯上。

大安　我在路上看见的人，都向我敬礼，好像我是他们的老朋友一般，谁都叫得出我的名字。有的人送钱给我，有的人请我去吃饭，有的人向我道谢，有的人要我买他的东西；刚才还有一个裁缝把我叫进他的店里去，给我看一匹他给我买下的绸缎，并且还给我量尺寸长短。我看这里的人们都有魔术，他们有意用这种古怪的手段戏弄我。

【大特洛米奥上。

大特　大爷，这是您叫我去拿的钱。

大安　什么钱？你别胡说八道了。今天晚上有没有船只开行？我们就可以动身吗？

大特　咦，大爷，我在一点钟之前，就告诉您今晚有船就要出发，那时您却给官差捉去了，您叫我去拿这些钱来把您赎出。

大安 这家伙疯了，我也疯了。我们已经踏进了妖境，求
上帝快快保佑我们离开这地方吧！

【娼妓上。

娼妓 安的福勒斯大爷，咱们遇得巧极了。您大概已经找
到了金匠，这链条就是您答应给我的吗？

大安 魔鬼，走开！不要引诱我！

大特 大爷，她就是魔鬼的奶奶吗？

大安 她就是魔鬼。

大特 不，她比魔鬼还要可怕，她是个母夜叉，扮做婊子
来迷人。不要走近她的身边，她身上有火。

娼妓 你们主仆两人真会开玩笑。大爷，您肯赏光到我家
里去吃顿饭吗？

大安 走开，妖精！什么吃饭不吃饭！你是个迷人的妖女，
你们这儿全都是妖怪，你快给我走开吧！

娼妓 你把吃中饭时候向我要去的戒指还我，或者把你答
应我的链条跟我交换，我就去，不再来打扰你好了。

大特　有的魔鬼只向人要一些指甲头发，或者一滴血，一枚针，一粒樱桃核，她却向人要一根金链条，真是一个贪心的魔鬼。大爷，您别给她迷昏了，这链条给她不得，否则她要把它摇响来吓我们的。

娼妓　大爷，请你快把我的戒指还我，或者把你的链条给我。你们贵人是不应该这样欺诈我们的。

大安　别跟我缠绕不清了，妖精！特洛米奥，咱们快走吧。

（大安，大特同下）

娼妓　安的福勒斯一定是真的疯了，否则他决不会这样不顾脸子的。他把我一个值四十块钱的戒指拿去，答应我他要去打一根金链条来跟我交换；现在他戒指也不肯还我，链条也不肯给我。我相信他一定是疯子，不但因为他刚才对我那种情形，而且今天吃饭的时候，我还听他说过一段疯话，说是他家里关紧大门不放他进去，大概他的老婆知道他时常神经病发作，所以有意把他关在门外。我现在要到他家里去告诉他的老婆，说他发了疯闯进我的屋子里，把我的戒指抢去了。这个办法很不错，四十块钱不能让它冤枉丢掉。（下）

第四场　街道

【小安的福勒斯及差役上。

小安　　朋友，你放心好了，我不会逃走的。他说我欠他多
　　　　少钱，我就留下多少钱给你再走。我的老婆今天脾
　　　　气很坏，她听见我会在以弗扫吃官司，一定会跳起来。

【小特洛米奥持绳鞭上。

小安　　我的跟班已经来了，我想他一定带着钱来。喂，我
　　　　叫你干的事怎么样了？

小特　　我已经买了来了，你瞧，这一定可以叫他们大家知
　　　　道些利害。

小安　　可是钱呢？

小特　　咦，大爷，钱我早把它拿去买绳鞭子了。

小安　　狗才，你把五百块钱去买一条绳子吗？我叫你家里
　　　　去作甚么的？

小特　　叫我去买绳鞭子呀，我现在买了来了。

小安　好，我就用这绳鞭子来欢迎你。（打小特）

差役　先生，你息怒吧。

小特　你倒叫他息怒，我才算倒尽了霉！

差役　好了，你也别多话了。

小特　你叫我别多话，先叫他别打。

小安　你这糊涂混账没有知觉的蠢才！

小特　大爷，我但愿我没有知觉，那么您打我我也不会痛了。

小安　你就像一头驴子一样，什么都是糊里糊涂的，只有把你抽一顿鞭子才觉得痛。

小特　不错，我真是头驴子，你看我的耳朵已经给他扯得这么长了。我从出世以来，直到现在，一直服侍着他；我在他手里没有得到甚么好处，打倒给他打过不知多少顿了。我冷了，他把我打到浑身发热；我热了，他把我打到浑身冰冷；我睡着的时候，他会把我打醒；我坐下的时候，他会把我打起来；我出去的时候，他会把我打到门外；我回来的时候，他会把我打进门里。他的拳头永远不离我的肩膀，就像叫化婆肩上驮着的小孩子一样；我看他把我的腿打断了以后，我还要负着这一身伤痕沿门乞讨呢。

小安　　好，你去吧，我的妻子打那边来了。

　　　　【亚特丽安那，露西安那，娼妓，宾取同上。

小特　　太太，请您留点儿心，那是很痛的呢。

小安　　你还要多嘴吗？（打小特）

娼妓　　你看，你的丈夫不是疯了吗？

亚　　　他这样野蛮，真的是疯了。宾取师父，你有驱邪逐
　　　　鬼的本领，请你帮助他恢复本性。你要什么酬报我
　　　　都可以答应你。

露　　　嗳哟，他的脸色多么狰狞可怕！

娼妓　　瞧他给鬼迷得浑身发抖了！

宾　　　请你伸过手来，让我摸摸你的脉息。

小安　　我就伸手，来赏你一记耳光。（打宾取）

宾　　　撒但，我用天上列圣的名义，命令你快快离开这个人的
　　　　身体，回到你那黑暗的洞府里！

小安　　胡说，你这愚蠢的术士！我没有发疯。

亚　　　可怜的人儿，我希望你真的没有发疯！

小安　　你这贱人！这些都是你的相好吗？这个面孔黄黄的

家伙，就是他今天在我家里饮酒作乐，把我关在门外，不许我走进自己的家里吗？

亚　丈夫，上帝知道你今天在家里吃饭。倘然你好好的住在家里不出来，也就不会有这种难听的话了。

小安　在家里吃饭！狗才，你怎么说？

小特　大爷，老老实实说一句，您并不在家里吃饭。

小安　我家里的门不是关得紧紧的，不让我进去吗？

小特　是的，您家里的门关得紧紧的，不让您进去。

小安　她自己不是在里边骂我吗？

小特　不说假话，她自己在里边骂您。

小安　那厨房里的丫头不是也把我破口辱骂吗？

小特　一点不错，那厨房里的丫头也把您辱骂。

小安　我不是盛怒而去吗？

小特　正是，我的骨头可以作证，您的盛怒它领教过了。

亚　他说话这样颠倒，我们还是顺顺他的意思吧。

宾　不错，他现在正在颠痫发作，不要跟他多辩，就会慢慢地安静下来的。

小安　你唆使那金匠把我逮捕。

亚　唉！我听见了这消息，就叫特洛米奥拿钱来保你出来。

小特　叫我拿钱来！天地良心，大爷，我可没有拿到一个钱。

小安　你没去向她要一个钱袋吗？

亚　他到了家里，我就给他。

露　我可以证明她把钱袋交给了他。

小特　上帝和绳店里的老板可以为我作证，我只是奉命去
　　　买一根绳子。

宾　太太，他们主仆两人都给鬼附上了，您看他们的脸
　　　色多么惨白。他们一定要好好捆起来，放在黑暗的
　　　屋子里。

小安　我问你，你今天为什么把我关在门外？为什么不肯
　　　拿出那一袋钱来？

亚　好丈夫，我没有把你关在门外。

小特　好大爷，我也没有拿到过甚么钱；可是咱们的的确
　　　确是给他们关在门外的。

亚　欺人的狗才！你说的都是假话。

小安　欺人的淫妇！你自己才没有半点真心；你串通一班
　　　狐群狗党来摆布我，我这十个指头可要戳进你的眼
　　　眶里，把你那双骗人的眼珠子挖出来；你别以为瞧
　　　着我这样给人糟蹋羞辱是件有趣的玩意儿。

亚　　啊！捆住他，捆住他，别让他走近我的身边！

宾　　多喊几个人来！他身上的鬼强横得很呢。

露　　嗳哟，可怜的，他脸上多么惨白！

【三四人入场，将小安的福勒斯捆缚。

小安　啊，你们要谋害我吗？官差，我是你的囚犯，你难
　　　道就让他们把我劫走吗？

差役　列位放了他吧；他是我的囚犯，不能让你们带去。

宾　　把这家伙也捆了，他也是发疯的。（众人将小特洛
　　　米奥捆缚）

亚　　你要干么，你这无礼的差人？你愿意看一个不幸的
　　　疯人伤害他自己吗？

差役　他是我的囚犯，我要是放他去了，他欠人家的钱就
　　　要责成在我身上了。

亚　　我会替他了清这一笔债款的，你把我领去见他的债
　　　主，等我问明白以后，我就可以如数还他。好师父，
　　　请你护送他回家去。唉，倒霉！妹妹，你跟我走吧。
　　　（宾及助手等推小安、小特下）告诉我，是谁控告他？

差役　　一个叫益哲鲁的金匠，您认识他吗？

亚　　　我认识这个人。他欠了他多少钱？

差役　　二百块钱。

亚　　　这笔钱是怎么欠下来的？

差役　　因为您的官人拿过他一条颈链。

亚　　　他曾经说起过要给我打一条颈链，可是始终没有给我。

娼妓　　他今天暴跳如雷地到了我家里，把我的戒指也抢去
　　　　了，我看见那戒指刚才就在他的手指上；后来我遇
　　　　见他的时候，他是套着一条颈链。

亚　　　也许是的，可是我却没有看见。来，官差，同我到
　　　　金匠那里去，我要知道这件事情的全部真相。

　　　　【大安的福勒斯及大特洛米奥拔剑上。

露　　　慈悲的上帝！他们又逃出来啦！

亚　　　他们还拔着剑。咱们快去多叫些人来把他们重新捆好。

差役　　快逃！他们要把我们杀了。（亚、露、及差役下）

大安　　原来这些妖精是怕剑的。

大特　　叫您丈夫的那个女的现在见了您却逃走了。

大安　给我到森道旅店去，把我们的行李拿来，我巴不得早一点平安上船。

大特　老实说，咱们就是再多住一晚，他们也一定不会害我们。您看他们对我们说话都是那么恭敬，送给我们钱用。我想他们倒是一个很有礼貌的民族，倘不是那个胖婆娘一定要我做她的丈夫，我倒也愿意永远住在这儿，变一个妖精。

大安　我今夜可无论怎么也不愿耽搁下去。去，把我们的行李搬上船吧。（同下）

第五幕

这两个人中间有一个是另外一个的魂灵；究竟那一个是本人，那一个是魂灵呢？

第一场 尼庵前的街道

【商人乙及盎哲鲁上。

盎 对不住，先生，我误了你的行期；可是我可以发誓他把我的颈链拿去了，虽然他自己老着脸皮不肯承认。

乙 这个人在本城的名声怎样？

盎 他有极好的名声，信用也很好，在本城是最受人爱敬的人物；只要他说一句话，我可以让他动用我的全部家财。

乙 话说轻些，那边走来的好像就是他。

【大安的福勒斯及大特洛米奥上。

盎 不错，他头颈上套着的正就是他极口抵赖的那条颈链。先生，你过来，我要跟他说话。安的福勒斯先生，我真不懂您为什么要这样羞辱我作难我；您发誓否认您拿了我的颈链，现在却公然把它戴在身上，这就是对于您自己的名誉也是有点妨害的。您不但害

　　　　我吃了一场冤枉官司，而且也连累了我这位好朋友，

　　　　他俩不是因为我们这一场纠葛，今天就可以上船出

　　　　发的。您把我的颈链拿去了，现在还想赖吗？

大安　　这颈链是你给我的，我并没有赖呀。

乙　　　你明明赖过的。

大安　　谁听见我赖过？

乙　　　我自己亲耳朵听见你赖过。不要脸的东西！你这种

　　　　人是不配和规规矩矩的人来往的。

大安　　你出口骂人，太不讲理；有胆量的，跟我较量一下，

　　　　我要证明我自己是个重名誉讲信义的人。

乙　　　好，我说你是一个混蛋，咱们倒要比个高低。（二

　　　　人拔剑决斗）

　　　【亚特丽安那，露西安那，娼妓，及其他人等上。

亚　　　住手！看在上帝面上，不要伤害他；他是个疯子。

　　　　请你们过去把他的剑夺下了，连那特洛米奥一起捆

　　　　起来，把他们送到我家里去。

大特　　大爷，咱们快逃吧；天哪，找个什么地方躲一躲才

好! 这儿是一所庵院，快进去吧，否则咱们要给他们捉住了。（大安大特逃入庵内）

【住持尼上。

尼　　大家别闹！你们这么多人挤在这儿有什么事？

亚　　我的可怜的丈夫发疯了，我来同他回家去。放我们进去吧，我们要把他牢牢的捆起来，送他回家医治。

盎　　我知道他的神智的确有些反常。

乙　　我现在后悔不该和他决斗。

尼　　这个人疯了多久了？

亚　　他这一星期来，老是郁郁不乐，完全和从前换了个样子；可是直到今天下午，才突然发作起来。

尼　　他因为船只失事，损失了许多财产吗？有什么好朋友在最近死去吗？还是因为犯着一般青年的通病，看中了谁家的姑娘，为了私情而烦闷吗？

亚　　也许是为了你最后所说的一种原因，他一定在外面爱上了什么人，所以老是不在家里。

尼　　那么你就该责备他。

亚　　是呀，我也曾责备过他。

尼　　也许你责备他得不够利害。

亚　　在妇道所容许的范围之内，我曾经狠狠地数说过他。

尼　　也许你只在私下里数说他。

亚　　就是当着众人面前，我也是要骂他的。

尼　　也许你骂他还不够凶。

亚　　那是我们日常的话题。在床上他给我劝告得不能入睡；吃饭的时候，他给我劝告得不能下咽；没有旁人的时候，我就跟他谈论这件事；当着别人的面前，我就用眼色警戒他；我总是对他说那是一件干不得的坏事。

尼　　所以他才疯了。妒妇的长舌比疯狗的牙齿更毒。他因为听了你的詈骂而失眠，所以他的头脑才会发昏。你说你在吃饭的时候，也要让他饱听你的教训，所以害得他消化不良，郁积成病。你说他在游戏的时候，也因为你的谯诃而打断了兴致，一个人既然找不到慰情的消遣，他自然要闷闷不乐，心灰意懒，百病丛生了。吃饭游戏休息都要受到烦扰，无论是人是畜生都会因此而发疯。你的丈夫是因为你的多疑善妒，才会丧失了理智的。

露　他在举止狂暴的时候，她也不过轻轻劝告他几句。——你怎么让她这样责备你，一句也不回口？

亚　她骗我招认出我自己的错处来了。诸位，我们进去把他拖出来。

尼　不，谁也不准进我的屋子。

亚　那么请你叫你的用人把我丈夫送出来吧。

尼　也不行。他因为逃避你们而进来，我在没有设法使他恢复神智以前，决不能把他交在你们手里。

亚　他是我的丈夫，我会照顾他，看护他，那是我的本分，用不到别人代劳。快让我带他回去吧。

尼　不要急，让我给他服下玉液灵丹，为他祈祷神明，使他恢复原状，现在可不能惊动他。出家人曾经在神前许下誓愿，为众生广行方便；让他留在我的地方，你先去吧。

亚　我不能抛下我的丈夫独自回家。你是个修道之人，怎么好拆散人家的夫妇？

尼　别闹，去吧；我不能把他交给你。（下）

露　她这样无礼，我们去向公爵控诉吧。

亚	好，我们去吧；我要跪在地上不起来，向公爵哭泣
	哀求，一定要他亲自来逼着这尼姑交出我的丈夫。
乙	我看现在快要五点钟了，公爵大概就要经过这里到
	刑场上去。
盎	为什么？
乙	因为有一个倒霉的叙拉古老头子走进了我们境内，
	违犯本地的法律，所以公爵要来监视他当众枭首。
盎	瞧，他们已经来了，我们倒有杀头看啦。
露	趁公爵没有走过庵门之前，你快向他跪下来。

【公爵率扈从，伊勤去帽露顶，及刽子手，差役等上。

公爵	再向公众宣告一遍，倘使他有什么朋友愿意代他缴
	纳赎款，可以免他一死，因为我们十分可怜他。
亚	青天大老爷伸冤！这庵里的姑子不是好人！
公爵	她是一个道行高超的老太太，怎么会欺侮你？
亚	禀殿下，您给我作主许配的我的丈夫安的福勒斯，
	今天忽然大发神经病，带着他的一样发疯的跟班，
	在街上到处乱跑，闯进人家的屋子里，把人家的珠

宝首饰随意拿走。我曾经把他捉住捆好，送回家里，一面忙着向人家赔不是，可是不知怎么又给他逃了出来，疯疯颠颠的主仆两人，手里还挥着刀剑，看见我们就吓着把我们赶走。后来我招呼了许多人，想把他拖回家里去，他看见人多，就逃进这所庵院里了。我们追到了这里，这里的姑子却堵住了大门，不让我们进去，也不肯放他出来；我没有办法，只好求殿下作主，命令那姑子把我的丈夫交出来，好让我带他回家去医治。

公爵 你的丈夫跟着我转战有功，当初你们结婚的时候，我曾经答应尽力照拂他。来人，给我去敲开庵门，叫那当家的尼姑出来见我。我要把这件事情问明白了再走。

【一仆人上。

仆 啊，太太！太太！快逃命吧！大爷和他的跟班已经挣脱了束缚，抓住了使女们乱打，那赶鬼的法师也给他们绑了起来，用烧红的铁条烫他的胡子，火着了便把一桶一桶污泥水向他迎面浇上去。大爷一面劝他安心，他的跟班一面拿了剪刀剪他的头发。要是您不赶快打发人去救他出来，这法师要给他们作弄死了。

亚　　闭嘴，蠢才！你大爷和他的跟班都在这里，你说的都是一派胡言。

仆　　太太，我发誓我说的都是真话。这是我刚才亲眼看见的事，我奔到这儿来，简直的连气都没有喘过一口呢。他还嚷着要寻着您，他发誓说看见了您要把您的脸孔都烫坏了，叫您见不得人。（内呼声）听，听，他来了，太太！快逃吧！

公爵　　来，站在我的身边，别怕。卫队们，拿好戟子，留心警戒！

亚　　哎哟，那真是我的丈夫！你们瞧，他会隐身来去，刚才他明明走进这庵里去，现在他又在这里了，怎么会有这种怪事！

【小安的福勒斯及小特洛米奥上。

小安　　殿下，请您看在我当年跟着您南征北战，冒死救驾的功劳分上，给我主持公道！

伊　我倘不是因为怕死而吓得精神错乱，那么我明明瞧见我的儿子安的福勒斯和特洛米奥。

小安　殿下，请您给我惩罚那个妇人！多蒙您把她许配给我，可是她却不守妇道，把我百般侮辱甚至还想谋害我！她今天那样不顾羞耻地对待我的种种情形，简直是谁也想像不到的。

公爵　你把她怎样对待你的情形说来，我会给你们公平判断。

小安　殿下，她今天把我关在门外，自己和一班无赖在我的家里饮酒作乐。

公爵　那真太荒唐了！亚特丽安那，你真的这样吗？

亚　不，殿下，今天吃饭的时候，他，我，和我的妹妹都在一起。他这样说我，完全是冤枉的！

露　我可以对天发誓，她说的都是真话。

盎　说鬼话的女人！他虽然是个疯子，可是并没有冤枉她们。

小安　殿下，我并不是喝醉了酒信口乱说，也不是因为心里恼怒随便冤人，虽则像我今天所受到的种种侮

辱`, 是可以叫无论那一个头脑冷静的人也会发起疯
来的。这妇人今天把我关在门外不让我进去吃饭;
站在那边的那个金匠倘不是她的同党,他可以为我
证明的,因为他那时和我在一起。后来他去拿一条
颈链答应我把它送到我跟鲍尔萨泽一同吃饭的酒店
里;可是我们吃完饭,他还没有来,我就去找他;
我在街上遇见了他,那位先生也跟他在一起,不料
这个欺人的金匠却一口咬定他已经在今天把颈链交
给我,天知道我可没有看见过;他赖了人不算,还
叫差役把我捉住,我没有办法,只好叫我的奴才回
家去拿钱,谁知道他却空手回来;于是我就求告那
位差役,请他亲自陪着我到我家里;在路上我们碰
见了我的妻子小姨,带着她们的一批狐群狗党,还
有一个名叫宾取的面黄肌瘦像一副枯骨似的混账家
伙,一个潦倒不堪的江湖术士,简直的就是个活死
人,这个说鬼话的狗才自以为能够降神捉鬼,他的
一双眼睛盯在我脸上,摸着我的脉息,说是有鬼附
在我身上;于是他们大家扑在我身上,把我缚住手
脚,抬到家里去,连我的跟班一起丢在一个黑暗潮

　　　　　湿的地窖里，后来被我用牙齿咬断了绳，才算逃了

　　　　　出来，立刻就到这儿来了。殿下，我受到这样奇耻

　　　　　大辱，一定要请您给我作主伸雪。

盎　　　殿下，我可以为他证明，他的确不在家里吃饭，因

　　　　　为他家里关住了门不放他进去。

公爵　　可是你有没有把这样一条颈链交给他呢？

盎　　　他已经把它拿去了，殿下；他跑进庵里去的时候，

　　　　　这些人都看见他套在颈上的。

乙　　　而且我可以发誓我亲耳听见你承认你已经从他手里

　　　　　取了这颈链，虽然起先在市场上你是否认的，那时

　　　　　我就拔出剑来跟你决斗，你后来便逃进这所庵院里

　　　　　去，可是不知怎么一下子你又出来了。

小安　　我从来不曾踏进这庵院的门，你也从来不曾跟我决

　　　　　斗过，那颈链我更不曾见过。上天为我作证，你们

　　　　　都在冤枉我！

公爵　　咦，这可奇了！我看你们都喝了迷魂的酒了。要是

　　　　　你们说他曾经走了进去，那么他怎么说没有到过；

　　　　　要是他果然发疯，那么他怎么说话一点不疯；你们

　　　　　说他在家里吃饭，这个金匠又说他不在家里吃饭。

小厮，你怎么说？

小特 老爷，他是在普本丁酒店里跟她在一块儿吃饭的。

娼妓 是的，他还把我手指上的戒指都拿去了。

小安 是的，殿下，这戒指就是我从她那里拿来的。

公爵 你看见他走进这庵院里去吗？

娼妓 老爷，我的的确确看见他走进去。

公爵 好奇怪！去叫那当家的尼姑出来。（一侍从下）我看你们个个人都有神经病。

伊 威严无比的公爵，请您准许我说句话儿。我看见这儿有一个可以救我的人，他一定愿意拿出钱来赎我。

公爵 叙拉古人，你有什么话尽管说吧。

伊 先生，你的名字不是叫安的福勒斯吗？这位尊价①不就是特洛米奥吗？我想你们两人一定还记得我。

小特 老丈，我看见了你，只记得我们自己；刚才我们也是像你一样给人捆起来的。你是不是也因为有神经病，

---

① 在《辞海》中，"价"字有一条解释为："旧称供役使的人。"朱尚刚先生说，这个词用在这里有其妙处，一是身份没有搞混，二是显得十分讲究礼节，即使下人也要以"尊"字相称，只要看懂了就不能不拍节称奇。——编者注

被那宾取诊治过？

伊　　你们怎么看着我好像是陌生人一般？你们应该认识
　　　我的。

小安　我从来不曾看见过你。

伊　　唉！自从我们分别以后，忧愁已经使我大大换了样
　　　子，年纪老了，终日的懊恼在我的脸上刻下了难看
　　　的痕迹；可是告诉我，你还听得出我的声音来吗？

小安　听不出。

伊　　特洛米奥，你呢？

小特　不，老丈，我也听不出。

伊　　我想你们一定听得出来的。

小特　我想我们一定听不出来；人家既然这样回答你，你
　　　也只好这样相信他们。

伊　　听不出我的声音！啊，无情的时间！你在这短短的
　　　七年之内，已经使我的喉咙变得这样沙哑，连我唯
　　　一的儿子都听不出我的忧伤无力的语调来了吗？我
　　　的满是皱纹的脸上虽然盖满了霜雪一样的鬓发，我
　　　的周身的血脉虽然已经凝冻，可是我这暮景余年，
　　　还留着几分记忆，我这垂熄的油灯闪着最后的微光，

我这迟钝的耳朵还剩着一丝听觉，我相信我不会认
错了人。告诉我你是我的儿子安的福勒斯。

小安 我生平没有见过我的父亲。

伊 可是在七年以前，孩子，你应该记得我们在叙拉
古分别。也许我儿是因为看见我今天这样出乖露丑，
不愿意认我。

小安 公爵殿下和这城里认识我的人，都可以为我证明你
说的话不对，我生平没有到过叙拉古。

公爵 告诉你吧，叙拉古人，安的福勒斯在我手下已经
二十年了，这二十年来，他从不曾去过叙拉古。我
看你大概因为年老昏愦，吓糊涂了，才会这样瞎认人。

【住持尼偕大安的福勒斯及大特洛米奥上。

尼 殿下，请您看看一个受到冤屈的人。（众集视）

亚 我看见我有两个丈夫，难道是我的眼睛花了吗？

公爵 这两个人中间有一个是另外一个的魂灵；那两个也
是一样。究竟那一个是本人，那一个是魂灵呢？谁
能够把他们分别出来？

大特　老爷，我是特洛米奥，您叫他去吧。

小特　老爷，我才是特洛米奥，请您让我留在这儿。

大安　你是伊勤吗？还是他的鬼？

大特　哎哟我的老太爷，谁把您捆起来啦？

尼　不管是谁捆缚了他，我要替他松去绳子，赎回他的
　　　自由，也给我自己找到了一个丈夫。伊勤老头子，
　　　告诉我，你的妻子是不是叫做爱米里亚，她曾经给
　　　你一胎生下了两个漂亮的孩子？倘使你就是那个伊
　　　勤，那么你快回答你的爱米里亚吧！

伊　我倘不是在做梦，那么你真的就是爱米里亚。你倘
　　　使真的是她，那么告诉我跟着你一起在那根木头上
　　　漂流的我那孩子在那里？

尼　我们都给厄必丹能人救了起来，可是后来有几个凶
　　　恶的科林多渔夫把特洛米奥和我的儿子抢了去，留
　　　着我一个人在厄必丹能人那边。他们后来下落如何，
　　　我也不知道。我自己就像你现在看见我一样，出家
　　　做了尼姑。

公爵　啊，现在我记起他今天早上所说的故事了。这两个面
　　　貌相同的安的福勒斯，这两个难分彼此的特洛米奥，

还有他说起的他在海里遇险的情形，原来他们两人

就是这两个孩子的父母，在无意中彼此聚首了。安

的福勒斯，你最初是从科林多来的吗？

大安　不，殿下，不是我；我是从叙拉古来的。

公爵　且慢，你们各自站开，我认不清楚你们究竟谁是谁。

小安　殿下，我是从科林多来的。

小特　我也和他一起来。

小安　殿下的伯父末那丰老殿下，那位威名远震的战士，把

我带到这儿。

亚　你们两人那一个今天跟我在一起吃饭？

大安　是我，好嫂子。

亚　你不是我的丈夫吗？

小安　不，他不是你的丈夫。

大安　我不是她的丈夫，可是她却这样称呼我；还有她的

妹妹，这位美丽的小姐，她把我当作她的姊夫。（向

露）要是我现在所见所闻，并不是一场梦景，那么

我对你说过的话，希望能够成为事实。

鲁　先生，那就是您从我手里拿去的颈链。

大安　是的，我并不否认。

小安	尊驾为了这条颈链，把我捉去吃官司。
盎	是的，我并不否认。
亚	我把钱交给特洛米奥，叫他拿去把你保释出来；可是我想他没有把钱交给你。
小特	不，我可没有拿到甚么钱。
大安	这一袋钱是你交给我的跟班特洛米奥拿来给我的。原来我们彼此认错了人，所以闹了这许多错误。
小安	现在我就把这袋钱救赎我的父亲。
公爵	那可不必，我已经豁免了你父亲的死罪。
娼妓	大爷，我那戒指您一定得还我。
小安	好，你拿去吧，谢谢你。
尼	殿下要是不嫌草庵寒陋，请赏光小坐片刻。听听我们畅谈各人的经历；在这里的各位因为误会而受到种种牵累，也请一同进来，让我们向各位道歉。我的孩儿们，我牵肠挂肚地思念着你们，已经三十三年了，到现在我心里方才落下了一块石头。殿下，我的夫君，我的孩儿们，还有你们这两个跟我的孩子一起长大同甘同苦的童儿，大家来参加一个饶舌老妇的欢宴，陪着我一起高兴吧。吃了这么多年的

苦，现在是苦尽甘来了！

公爵　我愿意奉陪，参加你们的谈话。（公爵、住持尼、伊勤、娼妓、商人乙、盎哲鲁、及侍从等同下）

大特　大爷，我要不要把您的东西从船上取来？

小安　特洛米奥，你把我的什么东西放在船上了？

大特　就是您那些放在森道旅店里的货物哪。

大安　他是对我说话。我是你的主人，特洛米奥。来，咱们一块儿去吧，东西放着再说。你也和你的兄弟亲热亲热。（大安、小安、亚特丽安那、露西安那同下）

大特　你主人家里有一个胖胖的女人，她今天吃饭的时候，把我当作是你，不让我离开厨房；现在她可是我的嫂子，不是我的老婆了。

小特　我看你不是我的哥哥，简直是我的镜子，看见了你，我才知道我自己是个风流俊俏的小白脸。咱们一起进去瞧他们谈天吧。

大特　按理应该哥哥走前面，可是咱们究竟谁大谁小，我也弄不明白，咱们还是拈阄子分先后吧。

小特　不，咱们既是同月同日同时生，就应该手挽着手儿，大家有路一同行。（同下）

附

录

关于"原译本"的说明

文 / 朱尚刚

朱生豪从 1935 年做准备工作开始，历时近十年，完成了 31 部莎剧的翻译工作，虽然最终未能译完全部莎翁剧作，但已经为将这位世界文坛巨匠介绍给中国人民做出了卓越的贡献。朱生豪译莎以"保持原作之神韵"为首要宗旨，他的译作也的确实现了这个宗旨，至今仍受到读者的欢迎和学界的高度评价。

朱生豪的译莎工作是在贫病交加、极端困难的情况下进行的。日本侵略者的炮火两度摧毁了他已经完成的几乎全部译稿和辛苦搜集起来的各种莎剧版本、注释本和大量参考资料，在最后为译莎而以命相搏的时候，手头"仅有的工具书，只是两本词典——牛津词典和英汉四用辞典。既无其他可以参考的书籍，更没有可以探讨质疑的师友"。而且他当时毕竟还是一个阅历不深的年轻人，虽然有着出众的才华，然而翻译作品中存在各种各样的缺陷和疏漏是完全可以想象的。

朱生豪的遗译最早于 1947 年由世界书局出版（收入除历史剧外的剧本 27 种），以后于 1954 年由作家出版社出版了包括全部朱生豪译作的《莎士比亚戏剧集》。上世纪60年代初期，人民文学出版社组织了一批国内一流的专家对朱译莎剧进行校订和补译，原打算在1964年纪念莎翁400周年诞辰时出版完整的《莎士比亚全集》，后因各种原因一直到1978年才得以问世。

《莎士比亚全集》的出版，是我国一代莎学大师通力合作取得的划时代的成就。经校订的朱译莎剧，在很大程度上纠正了原译本因各种主客观原因而产生的缺陷和疏漏，并体现了当时在英语语言和莎学研究上的新成果，是对朱生豪译莎事业的进一步提升和完善。我对这一代莎学前辈们的努力表示真挚的感谢和崇高的敬意！

上世纪九十年代后期，为反映新时代语言的发展和新的学术成果，译林出版社再次组织专家进行了对朱译莎剧的校订，并出版了新的校订本。

校订过程中除了对一些理解或表达方面的缺疵进行修改外，反映较多的是原译本中"漏译"的内容。实际上我相信朱生豪真正因为"疏忽"而漏译的情况即使不是绝对没有，也应该是极少的。我估计，有些地方可能是因为当时的客观条件实在太差，有些地方实在难以理解又没有任何资料可以查考，因此在不影响剧本相对顺畅性的前提下只能跳过去了。

而更多的情况下是有些内容和说法似乎有点"不雅"，朱生豪出于中国传统的思维习惯，就把这些"不雅"的东西删去了。这种做法是否合适是有待商榷的，但也在一定程度上反映了那个特定的时代，特定的阶层，特定的译者的思维方式和特征。

　　莎士比亚的话题是说不尽的，同样，对莎士比亚的翻译和研究也是说不尽的。经校订的朱译莎剧无疑是对原译稿的改善，但从某种意义上来说，校订者和原译者的思维定式和语言习惯难免有所不同，因此也有读者感到经校订后的译文在语言风格的一致性等方面受到了影响，还有学者对某些修改之处也提出存疑。这些也是很正常的现象，再好的校订本也需要在实践和历史中经受检验，进一步地"校订"和完善。

　　也是出于这样的考虑，社会上对未经"校订"的朱生豪原译本也产生了相当的兴趣，希望能看到完全体现朱生豪翻译风格，能反映那个时代的语习惯和学术水平的原译本，看到一个本色的朱生豪译本（包括他的错漏之处）。这在我们这个多元化的社会中应该是一个合理的希求。这次中国青年出版社出版这套原译本系列，正是顺应了这样一种需求，并借此来表达对我的父亲——朱生豪诞辰100周年的纪念之情。我对此表示真挚的谢意！

译者自序

(原文收录于1947年版《莎士比亚戏剧全集》)

于世界文学史中,足以笼罩一世,凌越千古,卓然为词坛之宗匠,诗人之冠冕者,其唯希腊之荷马,意大利之但丁,英之莎士比亚,德之歌德乎。此四子者,各于其不同之时代及环境中,发为不朽之歌声。然荷马史诗中之英雄,既与吾人之现实生活相去过远;但丁之天堂地狱,复与近代思想诸多抵牾;歌德去吾人较近,彼实为近代精神之卓越的代表。然以超脱时空限制一点而论,则莎士比亚之成就,实远在三子之上。盖莎翁笔下之人物,虽多为古代之贵族阶级,然彼所发掘者,实为古今中外贵贱贫富人人所同具之人性。故虽经三百余年以后,不仅其书为全世界文学之士所耽读,其剧本且在各国舞台与银幕上历久搬演而弗衰,盖由其作品中具有永久性与普遍性,故能深入人心如此耳。

中国读者耳莎翁大名已久,文坛知名之士,亦尝将其作品,译出多种,然历观坊间各译本,失之于粗疏草率者尚少,失之于拘泥生硬者实繁有徒。拘泥字句之结果,不仅原作神味,荡焉无存,甚且艰深晦涩,有若天书,令人不能卒读,此则译者之过，莎翁不能任其咎者也。

余笃嗜莎剧，尝首尾研诵全集至十余遍，于原作精神，自觉颇有会心。廿四年春，得前辈同事詹文浒先生之鼓励，始着手为翻绎全集之尝试。越年战事发生，历年来辛苦搜集之各种莎集版本，及诸家注释考证批评之书，不下一二百册，悉数毁于炮火，仓卒中惟携出牛津版全集一册，及译稿数本而已。厥后转辗流徙，为生活而奔波，更无暇晷，以续未竟之志。及三十一年春，目观世变日亟，闭户家居，摈绝外务，始得专心壹志，致力译事。虽贫穷疾病，交相煎迫，而埋头伏案，握管不辍。凡前后历十年而全稿完成，（案译者撰此文时，原拟在半年后可以译竟。讵意体力不支，厥功未就，而因病重辍笔）夫以译莎工作之艰巨，十年之功，不可云久，然毕生精力，殆已尽注于兹矣。

余译此书之宗旨，第一在求于最大可能之范围内，保持原作之神韵；必不得已而求其次，亦必以明白晓畅之字句，忠实传达原文之意趣；而于逐字逐句对照式之硬译，则未敢赞同。凡遇原文中与中国语法不合之处，往往再四咀嚼，不惜全部更易原文之结构，务使作者之命意豁然呈露，不为晦涩之字句所掩蔽。每译一段竟，必先自拟为读者，察阅译文中有无暧昧不明之处。又必自拟为舞台上之演员，审辨语调之是否顺口，音节之是否调和。一字一句之未惬，往往苦思累日。然才力所限，未能尽符理想；乡居僻陋，既无参考之书籍，又鲜质疑之师友。谬误之处，自知不免。所望海内学人，惠予纠正，幸甚幸甚！

原文全集在编次方面，不甚惬当，兹特依据各剧性质，分为"喜剧"、"悲剧"、"杂剧"、"史剧"四辑，每辑各自成一系统。读者循是以求，不难获见莎翁作品之全貌。昔卡莱尔尝云，"吾人宁失百印度，不愿失一莎士比亚。"夫莎士比亚为世界的诗人，固非一国所可独占；倘因此集之出版，使此大诗人之作品，得以普及中国读者之间，则译者之劳力，庶几不为虚掷矣。知我罪我，惟在读者。

生豪书于三十三年四月。

编 辑 后 记

　　历时两年，这套"莎士比亚戏剧朱生豪原译本全集"（31部）终于全部付印了。在编辑工作中，遇到一些问题，让我们觉得有必要说明一二。

　　朱生豪原译的莎士比亚戏剧完成于70多年前的民国时期。有很多用法跟我们现代汉语习惯有差别，有的差别还挺大。

　　对于这些差别和问题，如何处理？为妥善解决原译本和现代汉语的用法习惯等的差别问题，我们特地请教了一些编辑前辈名家（如国家语委的厉兵老师）和研究莎士比亚戏剧的专家学者（如屠岸先生、陈才宇老师）。专家们和我们在这个问题上达成了基本共识，那就是：只要不是笔误或排印错误，都最大限度地保持原貌。现在，把遇到的问题与处理方法都列出来，供读者参考。

　　1. 当时白话文尚处于发展的早期，有许多字词用法的随意性较大，因此在朱生豪译文中有很多词语跟现在经过规范化的用法不大一样。比如："走头无路"、"甚么"、"黑魆魆"、"身分"、"顽笑"、"跌交"、"叫化"等等，我们在编辑中都保持了原貌。

2.同样，由于当时西方文化进入中国人的视野也属早期，译者对专有名词的翻译也较粗放，并不像现在对很多人名、地名，以致货币名等译法都有了相对稳定的通用，对原译本中和现在通用译法不同的表述，比如："维纳丝"，今译为"维纳斯"；"特洛埃"，今译为"特洛伊"；"克郎"，今译为"克朗"等等；以及大量出现的剧中人物名，我们也都保持了原来的译法。

3.有时甚至同一个人名或者词语在剧本中也不统一。对于这类问题，按照现在的编辑习惯，可能不符合图书质量检验的要求。

比如，在《错误的喜剧》、《维洛那二士》等剧本中出现了"什么"和"甚么"的混用。厉兵老师认为，"五四"以后至新中国成立初，文人的中文著作在用字和用词方面跟目前的规范很不一样。除了"甚么"与"什么"外，其实还有很多，比如"的、地、得"的用法也跟今天不同（毛泽东的"生的伟大，死的光荣"即如是），今天的"介绍"那时说"绍介"，等等。像这些名家的作品，如果采用的原版图书出自较权威的出版社，原则上以维持原貌为宜。如果有错别字，也照登，可加脚注注释，或者在"出版说明"中说明新版在字词处理上的基本原则。朱尚刚先生分析后认为,"什么"和"甚么"在现在虽然规范为统一用"什么",但在朱生豪原来的译文中二者还是有语气轻重的差别,并非完全随意的。

再比如,在《驯悍记》中,同一个人名在英语原著和朱生豪的译文中前后都出现了两种不同的写法。凯萨琳那和凯萨琳(Katherine 和 Katherina)、克里斯托弗·史赖和克里斯托弗洛·史赖(Christopher Sly 和 Christophero Sly),对于这个问题是否需要统一,我们请教了陈才宇老师。陈老师认为,莎士比亚时代的英语受拉丁语和法语的影响,拼写方式很不稳定,出现不同的拼法是有可能的。若是重新进行翻译或是对现有译本进行校订的话,以统一起来为好。但作为原译本,为保持其原貌,我们予以保留,并加注释说明还是合适的。

4. 还有一些词语,随着时代的发展已经逐步退出了人们的视野。比如"尊价",在《辞海》中"价"字条中有一项解释为"旧称供役使的人"。原译本用"尊价"有其妙处,既没有搞混身份,又显得十分讲究礼节,更能体现莎剧的韵味。类似的还有"要公"、"巨浸"、"行强"、"靴距"、"旨酒"等等,这些词语现代的读者或许觉得难以理解,但仔细探究后可知都还是不错的，有出处，甚至有典故，更能反映当时的时代特征。

5. 有一个重要的问题需要说明一下，即关于本全集中采用的剧名，我们全部采用朱生豪的原译名：《汉姆莱脱》，今译为《哈姆雷特》；《奥瑟罗》，今译为《奥赛罗》……这可能会让已经习惯了"哈姆雷特"等译名的读者很不习惯。但是，相信你读到《女王殉爱记》（今译为《安东尼与克里奥佩特拉》）、《英雄叛国记》（今译为《科利奥兰纳斯》）、《量罪记》（今译为《一报还一报》）、《该撒遇弑记》（今译为《裘力斯·凯撒》）……等"原译名"时，会有一种得到补偿的感觉。

6. 在编校中我们遇到的最困难的事情，就是未收入世界书局版《莎士比亚戏剧全集》（1～3 辑）的四部历史剧。这四部历史剧 1954 年出版时，宋清如女士把原来的翻译手稿提供给出版社，编辑者作过一些修改，这次为体现原译原貌，基本上是依据翻译手稿排印的。

7. 原译本中采用了一些很有特色的吴方言元素，比如"我不听见"、"多少重要"、"哎呀，一瞬可瞤得长久！""可是没有香过你家看门人女儿的脸吧？"使用的这些方言词语往往具有特殊的表现力，一般也能为非该方言区的读者所理解。

我们在拜访著名文学家、翻译家屠岸先生时，屠岸先生特别强调，虽然朱生豪的译文难免有一些错漏之处，但他还是很好地把莎剧的神韵译了出来，在当时那样困难的条件下，完成这样一项工程很了不起，对这些错漏之处我们应该予以宽容。

最后，虽然经过近两年的策划与编辑，我们已经尽了最大的努力核对原版本和手稿原文，并参照上述专家学者和名家前辈的意见，处理编校问题，但由于自身水平有限，人力和精力有限，不足之处在所难免，请方家指正！

我们的初衷，就是出版一套能真正反映莎士比亚戏剧朱生豪"原译"风貌的版本，供大众阅读和学者研究所需。若是有所缺漏，或您有新的研究发现，敬请联系我们，以备补充、修订和完善此版本，提供更精要准确和更有版本价值的莎剧朱译"原译本"。

中国青年出版社

新青年读物工作室

2013 年 6 月

图书在版编目（CIP）数据

错误的喜剧 / （英）莎士比亚（Shakespeare,W.）著；
朱生豪译 . —北京：中国青年出版社，2013.4
（新青年文库·莎士比亚戏剧朱生豪原译本全集）
ISBN 978-7-5153-1472-3

I. ①错… II. ①莎… ②朱… III. ①喜剧－剧本－英国－中世纪
IV. ① I561.33

中国版本图书馆 CIP 数据核字 (2013) 第 044490 号

书　　名：错误的喜剧
著　　者：【英】莎士比亚
译　　者：朱生豪
审　　订：朱尚刚
责任编辑：庄庸　王昕
特约策划：张瑞霞
特约编辑：于晓娟
出版发行：中国青年出版社
社　　址：北京东四十二条 21 号
邮政编码：100708
网　　址：www.cyp.com.cn
门 市 部：（010）57350370
印　　刷：三河市君旺印刷厂
经　　销：新华书店

开　　本：700×1000　1/32
印　　张：3.5
字　　数：150 千字
版　　次：2013 年 6 月北京第 1 版印刷
印　　次：2013 年 6 月河北第 1 次印刷
印　　数：0,001-4,000 册
定　　价：19.80 元

本图书如有印装质量问题，请凭购书发票与质检部联系调换
联系电话：（010）57350337